"

"

_____ 에게
- -

사랑이.
말했습니다.

사랑이.
말.했습니다.

사랑이
말했습니다

우리가 사랑할 때
할 수 있는 모든 말들

정영진 지음

bodabooks

차례

제1장 파도처럼 네 생각만 하며

제2장 눈에 보이지 않아도 더 또렷해진다면

제3장 나는 네 생각으로 가득한 꿈

제
1
장

파도처럼
네 생각만 하며

당신은 빛나는 사람입니다.
그걸 당신만 모르는 것 같아
안타까워요.

당신은 자기 일에 자신 없어 하고
모든 일에 서툴다고 자책하지만
당신만큼 매력을 가지고 있는 사람도
또 없을 거예요.

당신은 누구보다 강한 사람이에요.
그래서 당신은 누구보다 자신감을 가져도 될 사람이에요.
내가 죽을 만큼 힘들 때 따뜻하게 안아 준 사람도
당신이잖아요.
당신은 좀 더 당당해져도 돼요.
조금 더 긍정적이어도 돼요.

아무 걱정하지 말아요.
지금까지 당신은 충분히 잘해 왔어요.
당신은 그저 있는 그대로의 당신을 보여 주기만 하면 돼요.

당신은 결국 당신이 닿고 싶은 곳에 닿게 될 거예요.
그럴 만한 능력을 충분히 갖고 있으니까요.

당신이란 빛은 어둠 속에서 더욱 빛나니까요.

파도처럼
네 생각만 하며

아 참, 그리고…….
제가 언제나 당신 편이라는 건 잊지 말아 주세요.

내가 한없이 초라하게 느껴지던 그 순간
당신이 내 옆에 있다는 이유 하나만으로
빛나던 순간이 있었거든요.

파도처럼
네 생각만 하며

네게 하는 말.
사실은 내게 하는 말이야.

너한테 '힘내'하면 내가 힘이 나고
너한테 '괜찮아'하면 내가 괜찮거든.
너한테 '다 잘될 거야'하면
내가 잘될 것 같거든.

고민 없고 걱정 없는 사람이 어디 있겠어.
힘들지 않은 사람이 어디 있겠어.

근데 뭐 어쩌겠니.
살아 있으니, 그리고 뭔가를 하려고 하니
고민도 생기는 거지.

가끔은 쉽게 생각하자.
단순하게 생각하자.
순간순간에 충실하고 주위에 눈을 돌려 보자.
다리가 아프면 쉬어 가고 잠시 기대어 하늘도 올려다보자.
울고 싶을 땐 마음껏 울어 보는 것도 괜찮겠지.

그러니까 힘내.
다 잘될 거고 다 괜찮을 거니까.

파도처럼
네 생각만 하며

처음이잖아

우리는 한 번뿐인 삶을 사는 거니까
늘 서툴고 욕심내고
집착하게 되는 거야.
어쩌면 그게 당연한 거야.

누구나 실수할 수 있는 거야.
지금의 이 실수가
나중에 실력이 되어 돌아올 거야.
그러니까 마음대로 잘 안된다고
너무 속 끓이지 마.

우리 모든 게 다 처음이잖아.

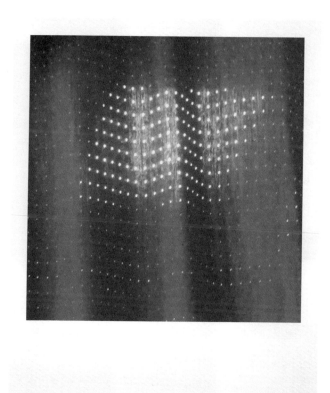

파도처럼

네 생각만 하며

선물

옛날엔 누군가에게
선물을 받는 게 좋았는데
지금은 선물을 주는 게 더 좋다.

네가 읽고 싶어했던 책.
네가 갖고 싶어했던 목걸이.
네가 가고 싶어했던
여행지로 떠나는 항공권.
네 웃음을 닮은 환한 꽃다발.

너에게 무슨 선물을 할까 고민하기 시작할 때부터
내 가슴은 두근대기 시작한다.

네게 선물을 주는데
정작 내가 선물을 받는 이 기분 좋은 설렘.

네게 줄 선물을 들고 가는 내 걸음 주위에
다정한 음악이 흐르는 것만 같다.

파도처럼
네 생각만 하며

나만 잘못 사는 것 같고
내 인생만
잘못된 길로 가는 것 같을 때가 있다.
그렇다고 내가 남들보다
특별히 잘못 살았거나
나쁜 짓을 한 것도 아닌데 말이다.
그저 남들처럼
잘 살고 싶은 것뿐인데 말이다.

파도처럼
네 생각만 하며

인생이 나한테만 왜 그러나 싶을 때가 있다.

그런데 사실은 다 똑같다.

내가 부러워하는 당신도 나와 같고
나를 부러워하는 당신도 나와 같다.

그저 그렇게 보일 뿐이다.

남이 가지고 있는 것에 질투하지 말자.
남의 행복이 커진다고 내 행복이 작아지는 것이 아니잖아.

인정하면 된다.
우리는 다 똑같은데 다르게 보일 뿐이라고.
그러니까 너무 불안해하지 말라고.
각자 자기가 가던 길 가면 된다고.

너무 염려 말라고.
우리는 다 똑같다고.

주위를 둘러봐.
네 편이 많잖아.
너를 위하고
네가 고마워해야 할 것들이 많잖아.

심호흡 한번 하고 다시 걸어가자.
어제와는 다른 하루가 또 시작되겠지.

파도처럼
네 생각만 하며

2 b

파도처럼
네 생각만 하며

지나고 보니 그렇더라구요.
지금 당장이야 큰일 날 것 같지만
며칠 지나고 보면 아무 일도
아니었더라구요.
왜 그렇게 호들갑을 떨었을까 싶어요.

무뎌지는 건지, 익숙해지는 건지,
알아가는 건지 잘 모르겠지만
아무튼 그렇더라구요.

당신도 그랬으면 좋겠어요.
조금은 담대해졌으면
조금은 무신경해졌으면
그리고 조금은 자신에게 너그러워졌으면 좋겠어요.

세상은 아주 크고 넓더라구요.
당장 걱정하고 있는 어떤 일 하나 때문에
세상이 꺼지거나 무너지지 않더라구요.

돌아앉아 한숨 한번 쉬고
훌훌 털고 다시 일어나면 되더라구요.
그까짓 게 뭐라구요.

파도처럼
네 생각만 하며

부딪히고 아파하다 보면
더 나은 사람이 되어 있는 자신을 발견하게 될 거예요.
지금은 너무 힘든 순간이지만
어느 날 이 순간을 웃으며
추억할 시간이 올 거예요.

전 항상 당신 편일 거고
언제나 당신을 응원할 거니까요.

파도처럼
네 생각만 하며

나 혼자 사는 세상 같다가도
누군가 노크하며
내게 다가오는 순간이 있다.
예상치 못한 서프라이즈처럼.

살며시 눈웃음 지으며 내 앞으로
깡총하며 뛰어오는 사람.

당신은 내게 기분 좋은 선물이다.
언젠가 그랬지.
길을 걷다가, 커피를 마시다가 문득 내 생각이 난다고.
난 그 말을 듣고 그냥 웃고 말았지만
나와 함께 있지 않을 때도 누군가가 내 생각을 한다는 것에
얼마나 가슴 벅찼던지.

오늘 당신이 문득 보내 준 사진 한 장.
당신은 생각지도 못하겠지만
내겐 얼마나 큰 선물인지.

며칠 동안 이 사진을 꺼내어 보며 나는 행복해질 것 같다.

당신은 참 예쁜 당신이다.

파도처럼
네 생각만 하며

바로 그 말, 그 말 말이야

요즘은 다이어리를 더 많이 써.
친구한테 할 수 없는 이야기가 많거든.

그렇다고 거창한 비밀이 있는 건
아니야.
하지만 또 이런 이야기를
아무한테나 할 수 있는 것도 아니고.
왠지 말해 버리고 나면 아무것도
아닌 게 될 것 같거든.

그래도 누군가에겐 꼭 말해야 해.
안 그러면 답답해서 미쳐 버릴 것 같으니까.

지금 내 가슴 속에서 일렁이는 기분을 표현하라면 이래.

뭔가 구름 같은 게 가득 생기는 것 같아.
우윳빛 안개가 바람에 흘러 다니는 것 같아.
환한 파도가 수평선 너머에서 밀려오는 것 같아.
새벽녘 강물이 어디론가 끝없이 흘러가는 것 같아.

그러니까 널 사랑해.
바로 그 말, 그 말이 내 가슴 속에 가득 차오르고 있어.

파도처럼
네 생각만 하며

어서 말해

좋아한다고 말하면
그 순간부터, 우리 사이 뭔가
어색해질까봐 걱정하고 있지?

그러지 마, 좋아하는 마음이
생긴 순간부터, 이미
어색한 사이가 됐으니까.

사랑은 어색해지면서 시작하는 거니까.
처음 손을 잡은 다음 날 아침,
눈을 떴을 때 창밖으로 보이던 그 어색한 풍경.
분명 같은 건물, 같은 거리, 같은 가로수들이
서 있는 풍경이었지만
이 세상에 처음 와보는 기분이었지.

하지만 그 말을 다시 한번 되뇌이며 하루를 시작해.
어색해지면서 사랑은 시작된다는 그 말.
이 어색함의 시간이 지나면 조금 더 자연스러워지겠지.

그러니까 오늘은 고백해야지.
시간 끌지 말고 말해야지.

이제 너 없으면 안된다고.
네가 참 사랑스럽다고.

파도처럼
네 생각만 하며

여긴 어느 바닷가야.

네가 몇 년 전에 다녀갔던 곳이지.
나도 그곳에 있어.

수평선 너머에서
끝없이 파도가 밀려들고
모래 언덕 너머에서 불어온 바람이
이마를 간지럽히고 있어.
귓가에는 갈매기 소리가 아련해.

모래밭에 맨발로 가만히 서서 눈을 감고 있어.
너도 나처럼 서 있었을까.
이 바람과 햇살의 감촉을 느꼈을까.

네가 봤던 걸 내가 보고 있다고 생각하니
네가 느꼈던 걸 내가 느끼고 있다고 생각하니
기분이 좋아져. 가슴이 터질 것 같아.
발끝에 전기가 흐르는 것 같아.

우린 지금 같이 있진 않지만 같은 걸 본 거잖아.
우린 같은 바람의 감촉을 느낀 거잖아.

우린 이미 많은 걸 공유하고 있어.

파도처럼
네 생각만 하며

너도 이곳에서 내 생각을 했을까.
모래밭에 내 이름을 슬쩍 써 보곤 웃음을 지었을까.
사랑이라는 글자를 써 보곤 부끄러워 황급히 지웠을까.

여긴 어느 바닷가야.
끝없는 파도처럼 네 생각만 하며
바다를 어지럽히고 있어.

파도
처럼

네
생각만
하며

힘들다는 너에게
어쭙잖은 말밖에 할 수 없어서
자꾸만 말을 빙빙 돌린다.

오늘 너무 덥지?
이 집 커피 별로지, 그치?

괜찮아. 곧 괜찮아질 거야.

이런 말밖에 못하는 내가 너무 한심하다.
누군가를 진심으로 위로하기가 이토록 어려울 줄이야.

내가 진심이어도 상대가 진심으로 느껴야 나의 진심은
생명을 얻는다.
마음이 진짜 마음이 되는 순간이다.
그래서 평소에도 연습을 많이 해야겠다는 생각이 든다.
나의 진심을 상대방이 진심으로 느끼게 하는 것을 말이다.

진심은 언제나 통하는 법이라지만
노력한 진심은 좀 더 쉽게, 좀 더 빨리 너에게 닿지 않을까.

파도처럼
네 생각만 하며

이렇게 꽃을 보내려니
이렇게 봄을 보내려니

자꾸만 마음이 조급해진다.
봄 가는 게 아쉬워
풍경을 쳐다보고 또 쳐다보며
마음 졸인다.

봄이 가고 있다.
하루에 1센티미터씩 봄이 간다.

꽃이 지고 있다.
하루에 열 송이씩 꽃이 진다.

저녁이면 공원에 진 꽃들이 붉다.

하루 종일 밖에서 서성인다.
봄이 가는 게 아쉬워서.

하루 종일 꽃 앞에서 머문다.
꽃이 지는 게 마음 아파서.

봄을 너처럼
꽃을 너처럼

네 앞에서 서성이고
네 곁에서 머문다.

파도처럼
네 생각만 하며

갈까 말까 망설이는 중이야

할지 말지 고민할 땐
일단 하는 걸 선택한다.
해 보고 후회하는 게
안 해 보고 후회하는 것보다 나으니까.

여행도 마찬가지.
갈지 말지를 고민할 때는
일단 떠나는 게 맞다. 경험상 그랬다.
중요한 결정을 앞둔 선택의 순간에서
여행지에서 내린 결론이
맞는 경우가 많았다.
아마도 좀 더 객관적으로 스스로를
바라볼 수 있었기 때문이 아니었을까.

어떡하지? 지금 이 상황에서 여행을 떠나는 게 맞을까?
이렇게 물어볼 때는 이미 마음은 가는 쪽으로
기울어져 있는 경우다.
살다 보면 답은 이미 정해져 있는데,
단지 동의를 구하기 위해 주변에 물어보는 경우가 많다.

"그래, 어디라도 다녀와."
이 말 한마디 해 줄 사람이 필요한 거다.
그래야 조금이라도 안심이 되니까.

너에게 묻고 싶어.
어떡해야 할까.
지금 여행을 가야 하는 게 맞을까?

파
도
처
럼
네
생
각
만
하
며

네가 있는 그 자리,
너도 원했고
남들도 원하는 자리였잖아.
지금도 그 자리에 앉고 싶은 사람이
여전히 많잖아.
언젠가 넌 내게 거기 있을 수 있다면
소원이 없겠다 라고 말했어.
그러니까 다시 한번 생각해 봐.
거기 있는 네가 얼마나 대단한지.

조금씩 조금씩, 한 발 한 발 노력해서 여기까지 왔잖아.
난 네가 얼마나 최선을 다했는지 충분히 알고 있어.
노력한 자신이 너무 기특하고 대견하지 않아?
난 네가 너무 자랑스러워.

지금 여기까지 오면서 네가 받은 상처가
얼마나 큰지 짐작할 순 없지만
그리고 그 상처가 아물려면 많은 시간이 필요하겠지만
넌 너니까 충분히 잘 해낼 거라고 믿어.
넌 누구보다 강하고 단단한 사람이니까.

축하해.
오늘의 너는 충분히 축하받을 자격이 있어.
넌 충분히 스스로에게 상을 줘도 돼.
그럴 자격이 있어.

파도처럼
네 생각만 하며

그 사람

지금 당신 옆에 있는 그 사람.

당신이 생각하는 것보다 훨씬 더
괜찮은 사람일지도 몰라요.

어서 고백하세요.
손을 꼭 잡으세요.

시간은 기다려 주지 않아요.

파
도
처럼
네
생각만
하
며

희한한 거 같아.
괜찮다는 글, 점점 좋아질 거라는 글,
힘내자는 글을 쓰고 나면
나부터 힘이 난단 말이야.

두려워하지 마.
잘했어.
상처받지 않아도 돼.
넌 자격이 충분해.

사실 이 말들은 내게도 꼭 필요한 말이야.
너에게 하는 말이지만 내게 하는 말이기도 해.

좋은 말 한마디를 너에게 건네면서
나도 큰 힘을 받고 있어.
선물을 주고 받는 사람이 행복해하는 걸 보면서 나도
덩달아 행복해지는 기분이랄까.

선한 영향력.
이 선한 영향력이 내게서 네게로,
네게서 또 다른 사람에게로 퍼지다 보면
우리 사는 이 세상이 조금 더 살 만해지지 않을까.

파도처럼
네 생각만 하며

외롭고 외롭고 외롭다 보면

인간은 태어나면서부터 외로운데
안 외로우려고 발버둥 치니까
점점 더 외로워지는 게 아닐까.
늪에서 벗어나려 할수록
늪 속으로 더 빠져드는 것처럼.

외로워야 하는 게 인간의 숙명인데
안 외로워지려고 하니까
더 불행해지는 것 아닐까.

인정하자.
우리 모두는 외로운 존재라는 걸.

외롭고 외롭고 외롭다 보면
외로움도 친구처럼 다정해질 날이 오겠지.

파도처럼
네 생각만 하며

오늘 하루 아무것도 안하고
지난 것 같아 불안한가요?
하루 종일 멍하니 있는 것 같아
자신이 한심하다고 생각하나요?

그냥 쉬는 거라고 생각해요.
재충전하는 거라고 생각해요.
이런 날도 있어야죠.

꼭 뭔가를 해야만 하는 건 아니잖아요.
꼭 뭔가를 이뤄야만 하는 건 아니잖아요.
자신에게 너무 가혹한 기준을 두지 말아요.
스스로에게 좀 더 너그러워지자구요.

지금 살고 있는 이 시간이 무엇보다 소중하잖아요.
우리에겐 이 햇빛, 이 바람, 잎사귀의 반짝임, 새소리,
이 그늘의 서늘함을 즐길 권리가 있어요.

쉬다 보면, 조금 천천히 걷다 보면
새로운 의욕이 솟아나겠죠.
당신이 모르던 당신의 매력을 발견하게 되겠죠.

파도처럼
네 생각만 하며

세상은 어차피 뒤죽박죽이라고 생각해 버리세요.
세상은 어차피 이해하기 어려운 골칫덩이라고
생각해 버리세요.

오늘은 여기까지!
조용히 커튼을 내리고 이어폰을 끼고 좋아하는 음악에
마음을 맡기세요.

아 참, 가끔 내 생각도 해야 하는 건 아시죠?

파
도
처
럼

네 생각만 하며

온 세상이 무채색처럼 보일 때가 있어.
그럴 땐 네가 원하는 색으로
세상을 칠하면 돼.
어쩌면 그 방법 중의 하나가
여행 아닐까.

♥

여행은 그 쓸쓸함마저
들려주고 싶은 이야깃거리가 되더라구요.

♥

떠난다는 건
다시 돌아올 곳이 있어야 가능한 말인 것 같아.

♥

여행은 시합이 아니야.
힘들면 쉬어가도 돼. 서두르지 마.
인생도 마찬가지고.

파도처럼
네 생각만 하며

♥

많이 보고, 많이 느낄 거야.
내 인생을 사랑할 거야. 난 틀림없이 행복해질 거야.
그렇게 믿게 됐어.
걷는 만큼 난 더 앞으로 나아갈 거야.
여행을 떠나 와서 확실히 깨닫게 됐어.

♥

어쩌면 우리의 인생도 꿈일지 몰라.
우리는 꿈꾸기 위해서 여행을 떠나는지도 몰라.

파
도
처
럼

네 생각만 하며

혼자 있고 싶군요.
사람들에게 지쳤군요.
아무도 자기를 모르는 곳에서
지내고 싶군요.

네. 맞아요. 그럴 땐 떠나야 해요.
다른 처방은 없어요.
솔직히 말하자면, 내일이라고
더 나아지리라는 보장은 없어요.
때로는 피하는 것도 극복하는
방법이기도 해요.

다만, 다만.
돌아올 날을 정해 두고 떠나야 해요.
자신이 사람들과 얼마나 잘 어울렸는지
그때 얼마나 즐거웠는지를 떠올려 봐요.
그리고 준비가 됐으면 다시 돌아오는 거예요.

누구나 지칠 수 있어요.
당신만 그런 게 아니에요.
가족 사이에서도 그런데 남이면 오죽하겠어요.

인정하고 잠시 쉬다 오면 되는 거예요.
아등바등 무조건 버티기만 할 필요 없어요.
그럴수록 더 힘들어져요.

스스로 돌아올 날을 기대할 수 있도록 잠시 떠났다 오세요.
우리가 여기서 기다릴게요.

퍼즐

사랑도, 일도, 살아가는 것도
어쩌면 퍼즐 같아.

천천히, 주의 깊게 하다 보면
결국에는 다 맞춰지게 되어 있어.

왜냐하면 그건 원래부터 하나였거든.
그러니 너무 조바심 내지 말자.
오늘 안되면 내일 하면 되잖아.

다 안 맞추면 어때.
이대로도 충분히 예쁜 걸.

우리 사랑 말이야.
지금으로도 충분히 예쁘잖아.

파도처럼
네 생각만 하며

요즘은, 그래요.

만나는 사람은 점점 줄어들어요.
혼자 있는 시간이 많아요.

친구들을 만나도,
회사 사람들과 술을 마셔도,
공허한 마음만 늘어나요.
그러다 보니 자연스럽게
혼자가 되네요.

왠지 모를 그리움에 스스로 화들짝 놀라곤 해요.
내 속에 이렇게 많은 그리움이 살고 있었나 하구요.
노을 앞에 서 있으면 사는 게 대부분
그리움이라는 생각이 들어요.

솔직히 말하자면 이게 다 당신 때문이에요.
당신을 만난 이후로 혼자 있는 시간이 늘어난 것 같아요.
다른 사람들과의 관계는 모두 덧없는 것처럼 느껴져요.

내 모든 그리움은 당신만을 향하고 있어요.
언젠가 이 그리움이 당신에게로 건너가
당신을 잠 못 들게 했으면 좋겠어요.

파도처럼
네 생각만 하며

마음의 수도꼭지

추운 겨울날,
마당에 있는 수도꼭지에서 물이
떨어지는 것을 보고 잠그려는 내게
엄마가 말했다.

"물을 조금씩 틀어 놓지 않으면
수도가 얼어 물을 사용할 수 없단다."

사람도 똑같지 않을까.
우리가 살아가는 이 삭막하고 추운 세상.
조금이라도 마음의 문을 열어 두지 않으면
수도처럼 얼어붙어 버리지 않을까.

조금이라도
약간이라도
마음의 수도꼭지를 열어 두도록 하자.

주인공은 너야

누구나 주인공이 되는 건
부담스러워 하지.
모든 눈길과 관심을
다 받아 내야 하니까.

하지만 네 삶의 주인공은 어쩔 수 없이
너잖아.
물론 남의 인생에서 너는
조연일 수밖에 없겠지.

그러니까 약간은 네 마음 내키는 대로 살아도 돼.
그건 누가 뭐라고 할 수 없는 일이야.

사고 싶은 게 있으면 사고 화내고 싶을 땐 화를 내.
거절해야 할 때는 눈치 보지 말고 거절하는 것도 필요해.

일단 해 보는 거야. 저질러 보는 거지 뭐.
그래야 조금이라도 후회가 적지 않을까.

우린 각자 자신의 인생을 사는 거야.
남의 인생은 살아 주고 싶어도 살아 주지 못하는 거잖아.

파도처럼
네 생각만 하며

스스로에게 정직해지기로 해요.
당신이 스스로를 속이면,
남들이 당신을 속이는 것에 대해서는
더 할 말이 없잖아요.

우리 시간을 내어 한번 생각해 보기로 해요.
이건 꽤 중요한 일이에요.
스스로를 속이고 있는 건 아닌지 한번 들여다봐요.

조금 울어도 괜찮아요.
부끄러워할 필요도 없어요.
지금 여기에는 나와 당신밖에 없으니까요.

우리 스스로에게 정직해지기로 해요.
당신은 당신에게, 나는 나에게.
그럼 우린 서로에게 조금 더 솔직해질 수 있을 거예요.

일상 그리고 이상

캄보디아에서 만난 한 아이는
겨울의 눈을 직접 보고 만지는 게
소원이라고 했다.

눈이 온다.
나는 오늘 그 아이의 소원인 하루를
살고 있다.

누군가에게 일상은
누군가에겐 이상이기도 하다.

파
도
처
럼

네
생각
만
하
며

이제부터 "내게 힘이 되어 주세요"라고
말하지 않을 거예요.

대신, "내가 당신의 힘이
되어 줄게요"라고
말할 거예요.

파도처럼
네 생각만 하며

제
2
장

눈에 보이지 않아도

더 또렷해진다면

오늘은 너와 함께 걷고 싶은
해변을 생각했어.
한 손은 네 손을 잡고
다른 한 손은 신발을 들고
우리가 함께 걷는 거야.

파도가 우리의 맨발을 간지럽히겠지.
넌 가끔 바다 위 반짝이는 햇살에 눈부셔 하겠지.
내가 무슨 말만 해도 넌 환하게 웃겠지.
저녁이면 같은 노을을 바라보며
서로의 어깨에 얼굴을 기대는 거야.

그런 생각만으로도 즐거워지는 여름 오후.
그런 날이 오겠지, 꼭 오겠지.

하루에 하나씩 너와 하고 싶은 일 상상하기.

눈에 보이지
않아도 더
또렷해진다면

타이밍

사랑은 타이밍이다.

하려 해도 안 되고
하지 않으려 해도 찾아온다.

내가 사랑을 찾아갈 때도 있지만
사랑이 당신을 선택할 때도 있다.

당신의 손과
내 손이 살짝 스치는 그 순간,
그 찰나의 순간을 놓치지 않고 꼭 잡는
타이밍.

지금이 당신의 타이밍일 수도.

눈에 보이지
않아도 더
또렷해진다면

당신을 알게 되고,
당신을 사랑하게 되면서
나는 점점 더 희미해져 가다가
어느 날 나는 마침내
사라지고 말았답니다.

이젠 진짜 나는 없어요.

당신을 통한 나만 있어요.

마치 다른 사람이 된 것만 같아요.

예전의 나와는 다른 옷을 입고
예전의 나와는 다른 음악을 들어요.
예전의 나는 새벽을 좋아했는데 지금의 나는
노을이 지는 저녁을 더 좋아해요.
예전의 나는 아메리카노를 좋아했는데 지금의 나는
라테를 더 좋아하죠.
강물보다는 바다를, 사과보다는 복숭아를
오쿠다 히데오보다는 무라카미 하루키를
더 좋아하게 됐답니다.

그건 내가 아니지만 어쩔 수 없네요.

하지만 당신을 사랑해서 변해 버린 내가
오히려 더 좋은 건 어떡하나요.

눈에 보이지
않아도 더
또렷해진다면

내가 바라는 건
소소한 것들.
일상적인 것들.

같이 아메리카노를 마시고
같이 영화를 보고
같이 음악을 듣고
같이 어제 있었던 일을 함께
이야기하는 일.

서로의 커피 취향에 대해 이야기하다가 다투고
보고 싶은 영화를 보러 가자고 하다가 다투고
가고 싶은 콘서트가 달라 다투고
어제 있었던 일을 이야기하다 약간은 질투하고

그렇게 다투다가도 누군가 슬쩍 팔짱을 끼는 일.
우리 커피 마시러 갈까?
우리 영화 보러 갈까?
우리 맛있는 거 먹으러 갈까?
하면서 서로의 눈을 바라보는 일.

아깐 왜 그랬어 바보야, 하며
볼을 살짝 꼬집는 일.

사랑은 그런 일.
그런 소소한 일이 모여 만들어지는 신기한 일.

눈에 보이지
않아도 더
또렷해진다면

욕심과 진심

서두르면 욕심.

서투르면 진심.

눈에 보이지
않아도 더
또렷해진다면

비 오는 날

비 오는 날이어서 그랬어요.
비 오는 날이라 당신이 생각났던 거죠.
그래서 전화했던 거예요.

비 오는데 뭐해?

사실 비 오는 날은 핑계죠.
난 늘 당신 생각뿐이거든요.
비 오는 날. 핑계 대기 좋잖아요.

날이 맑으면 또 이랬을 거예요.
오늘 날도 좋은데 뭐해?

눈에 보이지
않아도 더
또렷해진다면

당신 앞에만 서면 내 마음 들킬까 싶어
괜히 마음 졸이게 돼요.

그럴수록 당신은 말 없는 나 때문에
더욱 마음 졸이죠.

사람과의 관계에 가장 중요한 건 표현이 아닐까요.
나 너 좋아해.
나 조금 힘들어.
배고파.
난 아메리카노보다는 라테가 좋아.
고마워.
미안해.

마음은 말을 안 해도 알 수 있지만
또 말을 안 하면 모르는 게 바로 마음이에요.

사랑도 마찬가지.

사랑도 표현을 해야 한답니다.

오래오래.
우린 오래오래 만나야 하니까요.

눈에 보이지
않아도 더
또렷해진다면

눈에 보이지 않아 잊히는 게 아니라

눈에 보이지 않아도 더 또렷해진다면

확실하다.

틀림없다.

당신은 지금 그 사람을
사랑하고 있는 것이랍니다.

눈에 보이지
않아도 더
또렷해진다면

네 마음

아니라고 말하면 그만인데
잘 모르겠다는 너의 말에
자꾸 기대를 하게 돼.

혹시 내게 조금이라도 마음이 있는 걸까.
아니야, 정말 내가 싫어서 그러는 걸까.

알 수 없는 네 마음.

비밀이 많다는 건 뭘까.
아직 마음을 열지 않았다는 걸까.

아니면, 나에게 잘 보이고 싶다는 걸까.
오늘도 내 창문에는 수많은 물음표처럼 별이 떴다.

눈에 보이지
않아도 더
또렷해진다면

꽃비

꽃비가 내려
이내 촉촉해진 내 기억은
잊은 줄만 알았던
너를 꽃 피우고

너와 함께
꽃비 맞으며
걸으며
이야기하며
꿈꾸며

그렇게 꽃이 핀다.

눈에 보이지 않아도 더 또렷해진다면

짝사랑

알고 있죠. 짝사랑이라는 걸.

네 앞에만 서면 심장은 콩닥콩닥
볼은 발그레.

이상하지.
네 앞에선 한마디도 못해도
친구들 앞에선 네 얘기로 밤을 지새.

아닌 척해도, 맞는 척해도 너는 눈치를 못 채.

짝사랑.
나밖에 모르는 이야기.

눈에 보이지
않아도 더
또렷해진다면

처음 봤을 때 예감했어요.

이렇게 한 번 보고 평생
그리워하게 될 거라는 걸요.

눈에 보이지
않아도 더
또렷해진다면

파도가 밀려온다.
뒤로 한 발짝 물러난다.

파도가 물러가면
바다 쪽으로 가까이 한 걸음 다가간다.

그러다 파도가 다시 밀려오면
한 발짝 뒤로 물러난다.

하루 종일
파도와의 밀당.
다가갔다가 도망가고
도망갔다가 다가가고.

차라리 눈을 질끈 감고 파도 속으로 뛰어들 걸 그랬나.
그래 봐야 옷이 젖는 것밖에 더할까.

밀려오고 물러나고, 다가가고 도망가고.
너와 나,
우리 이야기.

눈에 보이지
않아도 더
또렷해진다면

"별 것 아니네 뭐."

당신의 사소한 이런 말 한마디에
상처받고 하루 종일 시무룩하지만.

"괜찮아. 난 무조건 네 편이야."

당신이 툭 던진 지나가는 듯한 이런
가벼운 말 한마디에도 눈물이 날 만큼
큰 용기를 얻죠.

우리는 사소하지도, 가볍지도 않은 사이.
누가 보면 서로에게 조금 무심하다고 여길지도 모르지만
오히려 그게 더 서로를 믿어주는 게 아닐까 싶어요.

눈에 보이지 않아도 더 또렷해진다면

랑

나는 '랑'이라는 글자가 좋다.
'친구랑 나랑'이라는 표현이
'친구와 나는'이라는 표현보다
훨씬 더 기분이 좋게 들린다.

살랑살랑 바람이 분다.
사랑사랑.
일랑일랑.
아랑아랑.

'랑'이 들어가면 밝아지고 환해지고 다정해지고
기분이 좋아진다.

'랑'과 같은 사람이 되어야겠다고 생각한 적이 있다.
어느 음절에 붙어도 기분 좋은 말을 만들어 주듯
어느 누구와도 기분 좋은 사이가 되어 주는 사람.
너에게는 더더욱.

그러니까 너랑 나랑.

눈에 보이지
않아도 더
또렷해진다면

그날 넌 나를 보며 말했지.

"우리가 이런 사이가 될 줄 몰랐어."

아니, 너만 몰랐지.
난 처음부터 알고 있었어.

게다가 이런 날이 오길
얼마나 기다렸다고.

눈에 보이지
않아도 더
또렷해진다면

처음이니까요

처음 온 길이에요.
당신도 나도 모두가 처음 온 길이에요.

길 잃을 걱정 따윈 하지 말아요.
어차피 몰랐으니까
잃을 일도 없을 거예요.

길이 없다면 같이 만들어 가요.
길 끝엔 어떤 풍경이 있을까, 두근대며 걸어가요.

섣부른 기대하지 말도록 해요.
욕심도 부리지 말기로 해요.
서로가 서로에게 할 수 있는 만큼만 해 주기로 해요.
그래야 이 길 끝까지 갈 수 있을 테니까요.

나도 첫사랑.
당신도 첫사랑.

눈에 보이지
않아도 더
또렷해진다면

살랑살랑

알듯 모를 듯
맞는 듯 아닌 듯

넌 또 그렇게 살랑살랑거리고
난 또 이렇게 사랑사랑인 줄 알고.

눈에 보이지
않아도 더
또렷해진다면

여행은 함께 하는 사람에게
배려가 필요하다.
신경 써 주고, 챙겨 주고, 때론 적당히
무심해 하는 그런 배려.
더도 말고, 덜도 말고
딱 그만큼의 배려가 우리의 여행을
얼마나 편하고 즐겁게 하는지
여행을 해 본 사람은 알고 있다.

지나침은 모자라는 것만 못하다는 말.
오랜 여행을 해 본 사람은 안다.

당신은 지금 누구와 여행을 하고 있는가.
그 사람과 오래오래 여행을 함께 하고 싶은가.
그렇다면 서로에게 조금 덜 신경 써 주고
약간은 무심해지는 건 어떨까.
지치지 않게, 질리지 않게.

사랑도 마찬가지.
사랑과 여행은 별로 다를 것이 없더라.
함께 걷고, 함께 쉬고, 함께 밥 먹는 일.
여행도 사랑도 때론 끌어 주고, 때론 기다려 주고,
때론 자기가 하고 싶은 일을 하는 일.

여행하듯
사랑하듯

우리 오래오래 서로에게 설레자.

눈에 보이지
않아도 더
또렷해진다면

주문

널 잊으려고 마신 술은

널 부르는 주문이 되고.

눈에 보이지
않아도 더
또렷해진다면

열 번이나 만났어요.
이제서야 당신 앞에 서면
겨우 떨리지 않을 수 있어요.

그동안 내숭 떤 게 아니었어요.
당신 앞에만 서면 머릿속이
하얗게 되어 버려서 아무 말도 못했던
거라구요. 준비했던 말이 얼마나 많은데
그 말이 한마디도 안 나오는 거예요.
그저 웃기만 했던 건 그래서예요.
당신이 싫어서 그랬던 게 아니었어요.
불편해서 그랬던 게 아니었어요.
오해하지 마세요.

이제서야 당신 앞에서 겨우 떨리지 않네요.
아니, 사실은 여전히 떨리지만
그래도 조금은 나아졌어요.

아직도 당신을 만나기 전에는 크게 심호흡을 한답니다.
잘될 거야. 모든 게 잘될 거야.
마음속으로 크게 되뇌인답니다.

오늘 겨우 당신에게 말을 꺼냈지만
무슨 말을 했는지 잘 기억나지 않아요.
당신의 머리카락과 당신의 어깨와
당신 귀밑머리에서 나던 향수 냄새만
어슴푸레하게 떠오르네요.

그래도 확신할 수 있어요.
우린 서로를 더 좋아하게 될 거예요.
그렇게 될 거예요. 틀림없이.

눈에 보이지
않아도 더
또렷해진다면

129

이상해.
너를 만나기 전의 나날들이
떠오르지 않아.

봄이 어떤 풍경으로 환했는지.
저녁의 노을이 어떻게 사람들의
어깨를 감싸 안아 주었는지
새벽의 새소리는 어떤 리듬으로
노래했는지
파도는 어떤 빛깔로 반짝였는지
아무것도 기억나지 않아.

내 모든 순간은 너를 만나면서 시작된 거 같아.
그 전의 시간은 하나도 기억나지 않으니까 말이야.
그러니까 우린 처음부터 함께였던 거야.

궁금해.
앞으로 내게 어떤 계절이 펼쳐질지.
어떤 노을이 다가올지.
어떤 빗소리가 들릴지.
너와 함께 할 모든 날들의 풍경이 궁금해.

모든 게 새롭고
모든 게 설레고
모든 게 가슴 떨리겠지.
너를 만나기 전의 나는 도대체 어디에서 살고 있었을까.

눈에 보이지
않아도 더
또렷해진다면

우리 참 오래 만났지.
생각해 보니 정말 오래 만났어.

그동안 나는 널 닮아갔고
너는 날 닮아갔지.
그렇게 편안해졌어.

이젠 서로에게 익숙해졌어.
말을 안 해도 어떤 음식을 시킬지 알고
이젠 더 이상 무슨 영화를 볼까 하고 다투지 않게 됐지.
말을 안 해도 집에 가야 할 때를 알아.

우리 참 오래 만났다, 그치?

때로 넌 식었다고 불평하지만
우린 식은 게 아니야, 익숙해진 거지.
일상이 된 거지.
자연스러워진 거지.

색을 칠하고 자꾸 칠하면 빛바래지지가 않아.
오히려 더 짙어지지. 그것처럼 우리 사랑은
빛바랜 게 아니야.
더 짙어진 거야.
우리 사랑은 더 깊어진 거야.

눈에 보이지
않아도 더
또렷해진다면

약속할 수 있어.
자신 있게 말할 수 있어.
네가 더 좋아.

처음보다 네가 더 좋아.
매일매일 네가 더 좋아져.

눈에 보이지
않아도 더
또렷해진다면

너를 처음 만난 날, 술을 참 많이도
마셨던 것 같아.
그래서 너도 나만큼이나
술을 좋아하는 줄 알았어.

우리 사귀기로 한 어느 날
넌 내게 말했지.
난 사실 술을 좋아하지 않아.

그땐 난 사기 연애라고 했지만 이미 알고 있었어.
네 마음이 예뻐서 너에게 반한 거거든.

그런데 그거 알아?
네가 무지 싫어해서 냄새도 맡기 싫어하는 오이를
나도 너무 싫어해서 못 먹는다고 말했지만
사실은 먹을 수 있다는 걸.
오히려 좋아한다는 걸.

그렇게 맞춰 가자, 우리.
조금씩 조금씩 나는 너에게로
너는 나에게로
매일매일 서로에게로 겹쳐지자.

눈에 보이지
않아도 더
또렷해진다면

사랑은 내가 멋진 사람이 되고 싶게
만들어.

너를 끝없이 설레게 하고 싶어. 그래서
매일매일 무슨 옷을 입을까 고민하고
너를 끝없이 두근대게 하고 싶어. 그래서
매일매일 거울을 보며 머리를 매만져.
너를 끝없이 즐겁게 하고 싶어. 그래서
매일매일 오늘은 어딜 갈까 하고 고민해.
너를 끝없이 감동하게 하고 싶어. 그래서
매일매일 어떤 선물을 할까 하고 고민해.

내가 이러는 이유는 간단해.
네가 내 삶의 가장 우선순위이기 때문이야.
네가 설레지 않으면 나도 설레지 않고
네가 두근대지 않으면 나도 두근대지 않고
네가 즐겁지 않으면 나도 즐겁지 않고
네가 감동 받지 않으면 나도 아무런 감정이
생기지 않으니까.

나는 언제나 너만 생각하는 사람.
너만 궁금해하는 사람.
내 하루는 오늘도 네 생각으로 붉은 노을과 함께 저물어.

눈에 보이지
않아도 더
또렷해진다면

나는 나답게 너는 너답게

나는 너일 수 없고.
너는 나일 수 없고.

그러니까
나는 나답게.
너는 너답게.

나다운 나와
너다운 네가 만난
우리.

그렇게 우리다워지자.

눈에 보이지
않아도 더
또렷해진다면

고마우면 고맙다고 말하기로 해요.
고마운 걸 당연하게 여기면
안된다고 생각해요.
내가 당신을 위해 마음을 썼고
당신도 나를 위해
마음을 다한 거니까요.

당신이 내게 고맙다고 말하지 않으면
먼 훗날 난 고마워하는 당신의 마음을
알지 못할 거예요.
살짝 실망할 수도 있겠죠.

당신도 마찬가지일 거예요.
내가 고맙다고 말하지 않는다면 당신은
살짝 속상할지도 몰라요.
겉으론 안 그런 척하지만요.

그리고 하나 더요.
미안하지 않아도 미안하다고 먼저 말하기로 해요.
시간이 지나면 미안하지 않지만 미안하다고 말하는
마음을 알게 될 거예요.
사랑은 승부가 아니잖아요.
누가 이기고 지는 게임이 아니잖아요.
먼저 미안하다고 말해서 손해 보는 것도 아니잖아요.
내가 먼저 미안하다고 할게요.

우리 앞으로 고마우면 고맙다
미안하지 않아도 미안하다고 말하기로 해요.
이거 하나만 약속해요, 우리.

눈에 보이지
않아도 더
또렷해진다면

144

눈에 보이지
않아도 더
또렷해진다면

사랑이 말했습니다.
아낌없이 사랑하라고.

사랑 앞에 선 사랑에게
사랑이 말했습니다.
최선을 다해 아낌없이 사랑하라고.

우리에겐 사랑할 시간이 부족하다고.

사랑이 말하더군요.

헤어지고 나면 상대에게 더 잘해 준 사람보다
상대에게 더 못한 사람이 그 사람을 잊지 못해 힘들다구요.

사랑이 말하더군요.

잘해 주지 못한 게 많아 미련이 남고
자신에게 잘해 주었던 상대의 따뜻함이
마음 깊숙이 스며들어 와 있어
이젠 다른 누구를 만나도 그 사람이 생각날 거라구요.

149

눈에 보이지
않아도 더
또렷해진다면

사랑이 말하더군요.

뒤늦게 떠난 그대를 찾아도 그때는 이미 어쩔 수 없다구요.

당신을 떠난 그 사람은 모든 사랑을 당신에게 주었기에
미련이 없고
더 잘해 주는 누군가를 만나
새로운 사랑을 꿈꿀 수 있는 거라구요.

사랑이 말했습니다.
아낌없이 사랑하라고.
그리워할 핑계를 만들 수 없을 만큼 사랑하라구요.

지독하게 사랑하라구요.

눈에 보이지
않아도 더
또렷해진다면

바람이 불어와 내 이마의 머리카락을
쓸어 넘긴다.
나는 살며시 눈을 감고 바람을 느낀다.

보이지 않아도 네가 있음을 안다.
내 속눈썹을 간지럽히는 바람.

너처럼, 꼭 네 손길처럼
꽃과 나무를 흔드는 바람.
어느새 계절이 이렇게 깊었구나.

손바닥을 펴 바람에 손을 댄다.
손가락 사이로 빠져나가는 바람.
잡히지 않아도 네가 있음을 안다.
아, 참 기분 좋은 바람.

나는 안다.
네가 계절을 몰고 다닌다는 것을.

어제는 겨울이었고 오늘은 비로소 봄이라는 것을.

바람 한 자락에도 이렇게 행복할 수 있다니.
사랑이 아니었다면 어떻게 너라는 바람을
느낄 수 있었을까.

눈에 보이지
않아도 더
또렷해진다면

행복하자.
행복하자.

우리 꼭 행복하자.

우리 둘 딱히 불행하지는 않았던 것 같은데
왠지 네게는 사랑한다는 말보다
행복하자라는 말이 먼저이고 어울리는 것 같았어.

왜일까 하고 생각해 봤는데,
그만큼 너와는 오래오래 행복하게 만나고 싶어서가
아닐까 하는 생각이 들었어.
뭐랄까, 사랑보다는 더 오래 만나고 싶은 그런 사람.
넌 내가 행복하게 만들고 싶고
그 행복을 지켜 주고 싶은 그런 사람이었어.

행복하고 싶어.
너와 오래오래.

눈에 보이지
않아도 더
또렷해진다면

사람 또는 사랑

외국인이 물었다.

사라에 'ㅁ'을 붙이면 사람인데
'ㅇ'을 붙이면 사랑이 된다고.
이유가 뭐냐고.

내가 대답했다.

사람의 각진 마음이 둥글어지면
사랑이 되니까 그렇지 않을까.

눈에 보이지 않아도 더 또렷해진다면

친구가 말했어.

혼자서 너무 많이 사랑하지 말라고.

사랑은 둘이 합쳐 100인데
너 혼자 90을 사랑해 버리면
상대방은 10만큼만 널 사랑할 거라고.

그러니까 너무 많이 사랑하지 말라고.

그래도 어떡해.
내가 더 사랑하는 걸.

내가 90만큼 사랑하면 안 될까.
그 사람이 모자라는 40은 내가 주면 되는 거잖아.
누가 더 사랑하든 100만 만들면 되는 거잖아.

사랑은 그런 거잖아.

눈에 보이지
않아도 더
또렷해진다면

여행자처럼 살면 좋을 것 같아요.

많은 걸 가지려고 애쓰기보다
가진 것만큼 사는 거죠.

강물, 햇살, 노을, 강가에서 노을을
바라보며 마시는 맥주 한 잔…….
이 모든 것들도 사실 우리가 가지고
있는 거죠.

당신과 내가 함께 손을 잡고 그것들이 찬란한 풍경 속으로
천천히 걸어가는 거죠.
가진 짐이 무거우면 조금씩 나누어 지면 되잖아요.
두 눈으로 담고 두 다리로 느끼고 힘들면 쉬어 가는 거죠.

주위를 천천히 둘러보다 보면 더 많은 행복을
찾을 수 있을 거예요.
아, 이렇게 예쁜 풍경이 숨어 있었다니.
우리의 입에서 나오는 감탄이 우리 생을 더 기쁘고
행복하게 만들어 줄 거예요.

밤이면 함께 우리가 지나온 길을 되돌아보며 추억해요.
서로의 어깨에 얼굴을 기대고 삶에 감사할 수 있을 거예요.

그렇게 여행하듯 살면 좋을 것 같아요.
당신과 그렇게 살고 싶어요.

눈에 보이지
않아도 더
또렷해진다면

사랑이 말했습니다.
사랑을 하세요.

사랑은 당신을 이 세상에서
가장 멋진 사람으로 만들어 줄 수 있는
가장 좋은 방법이니까요.

사랑을 시작하는 순간
당신은 영화의 주인공이 될 거예요.

사랑을 하세요.
무조건 당신 편을 들어주는 단 한 명이 생기는 것이니까요.
그 단 한 명은 다른 만 명의 사람을 합친 것보다
훨씬 힘이 셀 거예요.
생각만 해도 든든하지 않나요?

사랑을 하세요.
당신 곁에 있는 한 사람의 삶을
통째로 받을 수 있을 테니까요.
그 사람의 삶에 당신 삶을 이어 보세요.
사랑을 하는 순간 당신의 삶은 훨씬 풍요로워질 거예요.

눈에 보이지
않아도 더
또렷해진다면

사랑을 하세요.
일이 잘 안 풀려도, 몸이 아파도,
안 좋은 일로 고통스러워도
당신은 사랑이라는 이유만으로도 그것들을
이겨낼 수 있을 거예요.

사랑이 말했습니다.
이 세상의 모든 사랑이 당신 둘을 응원하고 있어요.
그러니까 꼭 사랑을 하세요.

눈에 보이지
않아도 더
또렷해진다면

어느 날 황무지 같은 내 마음에
너라는 씨앗 하나가 날아왔다.

씨앗은 어느 봄날 싹을 틔우더니
여름과 가을을 지나며
나무로 자라났고
몇 계절을 거치며 울창한 숲이 되었다.

숲에는 새가 깃들었고
새벽이면 거미가 투명한 실을 뽑아내어 집을 지었다.
초록색 이끼가 응달을 풍요롭게 채색했다.
숲은 점점 더 울창해져 갔다.

어느 날 숲에 바람이 왔다.
바람은 와서 숲을 조용히 흔들었다.
그것은 울음처럼 보이기도 했고
어떤 일렁임처럼 보이기도 했다.
멀리서 보기에 숲은 고요한 듯 보였지만
작은 흔들림이 언제나 숲속에 있었다.

너라는 숲.
내 속에서 끝없이 흔들리는 너라는 숲.

나는 그 흔들림을 그리움이라고 부른다.

눈에 보이지
않아도 더
또렷해진다면

제
3
장

나는 네 생각으로
가득한 꿈

언젠가부터
바람은 그대 쪽으로 분다.

천천히
조용히
쉼 없이
그대 쪽으로 흘러가는 바람.

하지만 당신은 내게서 시작된 바람을 느끼지 못한다.
그대는 머리카락을 흩날리며
먼 곳을 바라보며 서 있을 뿐이다.

내 바람은 속삭임 같은 것.
희미한 안개 같은 것.
몰래 다가가는 발자국 소리 같은 것.
내 바람은 하루 종일 그대 주위를 서성이다
밤이 깊어도 잠들지 못한다.

그대를 향한 내 바람은
세상의 모든 방향을 외면하고
오직 그대 쪽으로만 분다.

나는 네 생각으로
가득한 꿈

내 글이 조금이라도 네 마음을 흔들어 주기를

글을 쓴다는 건
마음을 전하는 일.

글을 쓴다는 건
마음을 다하는 일.

너에게 글을 쓴다는 건 내겐 어쩔 수 없는 일.
썼다 지웠다를 몇 번이고 반복해도 어쩔 수 없는 일.

글을 쓴다는 건
작은 돌 하나 던져 동그란 파장을 만드는 일.

그 파장이 커지고 커지고 커져
너에게 닿기를 바라는 일.

조금이라도 네 마음을 흔들어 주기를 바라는 일.

입김을 불어야 보이는 글씨처럼

나를 따뜻이 안아 주세요.

당신을 향한 내 마음이

당신에게 보이도록.

점점 더 선명해지도록.

나는 네 생각으로
가득한 꿈

사랑이 말했습니다.

사랑한다는 것은
상처받을 수도 있다는 것을
인정하고 허락하는 일이라구요.

나는 네 생각으로
가득한 꿈

맛있어?

난 네가 하는 파스타가 참 좋아.
솔직히 말해 맛있지는 않지만,
음……, 그래도 좋아.

프라이팬 손잡이를 잡은 네 어색한
손동작이 너무 귀여워.
식탁에 접시를 놓는 뒷모습이
너무 예뻐.

식탁에 올려진 파스타.
서툰 칼질에 삐뚤삐뚤한 야채와
노란색 면이 접시에 담겨 있어.
살짝 웃음이 나오지만 억지로 참고 있어.
네가 실망하면 안 되니까.
이 순간이 너무 행복해.

내가 파스타 먹는 모습을
두 눈을 동그랗게 뜨고 지켜보는 네 모습이 너무
사랑스러워.
약간은 긴장하고 조금은 두려운 듯한 네 모습.
"맛있어?" 하고 입술을 동그랗게 해서 물어보는 네 표정.

난 대답하지.
"응 맛있어. 진짜 맛있어."
하지만 소금을 너무 넣었다구.
면도 덜 익었구.

나는 네 생각으로
가득한 꿈

어떡해요

당신은 늘 내가 하는 말이 재미없다고
말하곤 하죠.

그래도 어떡해요.
어쩌다 당신이 내 이야기에
한 번이라도 웃으면
그날 난 너무 행복한 걸요.

당신은 늘 내가 흥얼거리는 노래가 별로라고 해요.

그래도 어떡해요.
난 당신을 볼 때마다 노래가 절로 나오는 걸요.

난 그런 걸요.
그러니 어떡해요.

나는 네 생각으로
가득한 꿈

A : 사랑이 뭐야?

B : 설레는 거야.

A : 그럼 설렘이 끝나면 사랑은
끝인 거야?

B : 끝나긴, 그때부터 진짜 사랑이
시작되는 거지.

A : (???)

B : 서로에게 설렘을 주려고 노력하는
것, 그게 사랑인 거지. 단 한 사람에게
잘 보이기 위해 심장이 터지도록 전력
질주하는 거, 그게 사랑인 거지.

나는 네 생각으로
가득한 꿈

1년 뒤

1년 뒤의 비행기 티켓이 싸다고
서슴없이 티켓을 끊어 놓는 너.

단지 네가 싼 티켓을 구해서
기분이 좋은 게 아니라

1년 뒤에도 우리가 함께라는
이야기니까 그래서 더 좋은 거야.

가득한 꿈 나는 네 생각으로

지금 사소한 걸로 자존심이나 세우고
있을 때가 아니에요.

당신의 그 사람은 다른 사람과
손깍지를 끼고 당신만 알고 있는
그 표정을 보여 주고 있을지도
모르잖아요.

지금 당장 달려가요.

가서 미안하다고 말해요.

그까짓 자존심이 뭐라고.

나는 네 생각으로
가득한 꿈

굳은살

마음에는 왜 굳은살이 안 박이는 걸까.

네가 하는 말은 매번 아파.
이젠 익숙해질 때도 됐는데
그렇지가 않아.

마음에도 굳은살이 있다면 좋겠다.
상처 위에 상처가 쌓여 만들어진
굳은살.
아프지 않았으면 좋겠다.

사랑이
말했습니다
────────
0 7 2

나는 네 생각으로
가득한 꿈

커피 한 잔 못하던 네가
진한 아메리카노를 마시게 되고
술 한 잔 못하던 내가
맥주를 두 잔씩이나 마시게 되고

아침에 일어나 네가 커피와 빵을
만들고
저녁에는 내가 맥주와 안주를
준비하고

그렇게 조금씩 나는 네가 되고
날마다 약간씩 너는 내가 되고

어느 날 내 입에서 튀어나오는 네 말투에 깜짝 놀라고
어느 날 넌 눈썹을 찡그리는 내 표정을 따라 하고 있고

우린 이렇게 닮아가는구나.
나는 너에게로
너는 나에게로
서로에게 조금씩 겹쳐가는구나.
사랑은 이렇게 두 사람이 조금씩 합쳐지는 과정이 아닐까.

사랑하면 서로 닮는다는 말을 이제서야 조금은
이해할 수 있을 것 같아.

나는 네 생각으로
가득한 꿈

사랑이란 참

처음에는 네가 내 거였으면 좋겠다는
생각을 했어.
지금은 넌 나만의 사람이었으면
좋겠어.
다른 누구도 아닌 나만의 너.

네가 며칠 여행 다녀온다는 말.
잘 다녀오라고는 했지만 속으로는
안절부절못했지.

너에겐 그동안 못 봐서 안타까운 거라고 말했지만
사실은 그사이, 그 며칠 동안
누군가 당신을 가져갈까 봐,
그 짧은 사이 당신이 나를 잊을까 봐,
불안했던 거지.

너보고는 나 믿으라고 말하지만 난 왜 널 못 믿는 걸까.
이런 내가 정말 바보 같지만 너에게는 표를 낼 수도 없지.

사랑이란 참.
하루 종일 안절부절.
하루 종일 불안불안.

사랑이란 참.

매일 아침 전화로 너를 깨우는 게
좋았어.

일어나기 싫어.
아, 귀찮아.
벌써 아침이야.

속삭이듯 투정하듯 말하는
너의 목소리가 너무 좋았어.
귀여웠어.

어제부터 보고 싶었어.
잠 섞인 너의 목소리.

내가 제일 듣기 좋았던 말.
그렇게 아무 생각 없이 말하는 게 진심인 거잖아.

뭔가 넌 아이 같고
난 어른이 된 기분이었거든.

지금도 눈을 뜨면 잠투정하는 네 목소리가 그리워.
나도 사실은
어제부터 보고 싶었거든.

사랑이 말하더군요.

사랑에 승자는 없다고.
왜 자꾸 서로를 이기려고 하는지
모르겠다고.

때론 그냥 져주면 되는 거라고.
모른 척해 주면 되는 거라고.

사랑이 말하더군요.
사랑은 무조건 편이 되어 주는 거라고.

그게 사랑의 가장 큰 장점이라고.

난 네 편이야.
사랑이 말하더군요.

밤새 눈이 왔나 보다.
무릎만큼 쌓여 있다.

한 송이 한 송이 내리던 눈
언제 이렇게 쌓였을까.

그해 겨울, 내가 널 생각하는 마음도 그랬다.
네 생각이 밤새 한 송이 한 송이 눈으로 내려
아침이면 내 창틀을 넘어 지붕을 덮곤 했다.

그 눈이 낮 동안 녹고, 밤이면 또 내려
겨울 내내 쌓이곤 했다.

그해 겨울,
밤마다 내리던 눈.
끝없는 그리움.

나는 네 생각으로
가득한 꿈

그 흔한 말다툼 한 번 한 적 없는 우리.

싸운 적이 없으니
화해하는 방법도 몰라.

그날 처음으로 다툰 뒤 그렇게
말문을 닫고
지금까지 냉랭하잖아.

속마음은 "미안해"라고 말하고 싶은데
실제론 "너무해"라고 말하고 있잖아.

그래도 어쩌겠어.
사랑에서만큼은 능숙해지고 싶지 않아.
때론 철없어 보이고, 때론 고집스러워 보여도
사랑에서만큼은 약간 서투르고 싶어.

너도 알고 있지 않을까.
"너무해"라고 말하고 있지만
사실은 "미안해"라는 뜻이라는 걸.

나는 네 생각으로
가득한 꿈

너와 한바탕 싸우고 난 다음 날은
그래서 실컷 울고 난 다음 날은
혼자 있고 싶어.

아무 생각 안하고 핸드폰도 끄고
그냥 혼자 앉아 멍하니
앞만 바라보며 있고 싶어.

처음부터 혼자였던 것처럼 그렇게.
아무렇지도 않은 듯 그렇게.
태연한 나무처럼
풍경 속에서 가만히 서 있고 싶어.

그런데 말이야, 그런데 말이야.
그게 잘 안 돼.
자꾸만 네 생각이 바람처럼 불어와 나무를 흔들어.
네 생각이 내 머릿속을 어지럽혀.

하루 종일 뭐 했을까.
너도 나처럼 앞으론 싸우지 않겠다고 속으로
몇 번이나 다짐했을까.
너도 나처럼 이런 기분이었을까.
멍하니 앞만 바라보고 앉아만 있고 싶었을까.

너도 나처럼 보고 싶었을까.
많이 보고 싶었을까.

바람은 하루 종일 나무를 흔들고 있어.

나는 네 생각으로
가득한 꿈

당신을 만나고 난 뒤 습관이 생겼어요.
누군가가 저를 좋다고 하면
물어보는 거예요.

"왜 절 좋아하는 거죠? 그 이유 열 개만
말해 주세요."

그냥 불안해서 그런 거예요.

당신도 떠날까 봐.
그 사람처럼 내게 먼저 좋다고 말해 놓고
어느 날 훌쩍 가 버릴까 봐.
당신 없으면 난 안 되는데 나 혼자 남겨질까 봐.

당신을 만나고 난 뒤 습관이 생겼어요.
당신이 날 떠날까 봐 불안해하는 습관 말이에요.

그래서 그랬던 건지도 몰라

그때는 그랬던 것 같아. 내 사랑이
전부였던 것 같아. 나만 생각했던 거지.
이기적이었다는 것도 인정해. 무조건
많이 주고 더 많이 받으려고 했던 것
같아. 어려서 그랬을까. 경험이 없어서
그랬을까. 순수해서 그랬을까.
물론 네가 너무 좋아서 그랬겠지.

지금은 조금 바뀐 것 같아. 내가 견딜 수 있을 만큼 내가
감당할 수 있을 만큼 딱 그만큼만 하는 것 같아. 더 주고
싶지만 억지로 그러고 싶지는 않아. 그만큼 너에게
기대하는 것도 줄어들었어.

나이가 들어서 그런 걸까. 경험이 많아져서 그런 걸까.
마음에 때가 묻어서 그런 걸까. 아니면 널 딱 그만큼만
사랑해서 그런 걸까. 아마 그건 아닐 거야. 널 딱 그만큼만
사랑한다는 것. 사랑을 어떻게 그렇게 할 수가 있겠니.

다만, 어쩌면 내가 상처받을 걸 미리부터 겁내고 있는
건지도 몰라. 어쩌면 누군가를 만나기 시작하면서부터
이별을 먼저 준비하고 있는 건지도 몰라. 그래서 그랬던
건지도 몰라.

실수

신이 실수한 거지.

태어나자마자 자기만의 짝이 있어서
그 사람과 평생을 살 수 있도록
우리를 만들었다면
우린 이렇게 힘들지 않을 텐데.

친구는 그러더군.
가끔 사귀는 사람과 사이가 좋지 않을 때
옛사람이 생각난다고.

자기만의 짝이 있었다면 이런 생각은 할 필요 없잖아.
그냥 우리의 처음을 생각하면 될 텐데 말이야.
그때를 생각하면 아직도 난 이렇게 가슴이 뛰는데

근데 지금 넌 누굴 생각하고 있는 거니?

나는 네 생각으로
가득한 꿈

슬퍼서 우는 거지만
울어도 슬퍼진다.

네가 보고 싶어 널 만나지만
널 만나고 있어도 네가 보고 싶다.

네 생각 끝에 겨우 잠들지만
잠이 들어도 온통 네 생각으로
꿈이 가득하다.

나는 네 생각으로
가득한 꿈

선인장

당신은 선인장 같아요.
날카롭고 뾰족한 가시를 가지고 있죠.
남들은 그 가시가 무섭다고 당신에게
가까이 가지 않죠.
찔릴까 봐, 아플까 봐 그런 거죠.
하지만 걱정 말아요.
그런 당신 내가 안아 줄게요.

당신을 사랑하니까요.
당신의 가시는 하나도
무섭지 않으니까요.

나는 네 생각으로
가득한 꿈

나비

꽃은 원래 나비였는지 몰라.

당신이 좋아 잠시 앉았는데

당신이 좋아 당신 곁에 평생을 머물다

다시 나는 법을 잊어 버려
그만 꽃이 된 거지.

지금 당신 옆의 내가 꼭 그래.

나는 네 생각으로
가득한 꿈

후회

겨울이 와서야
가을이 짧았다는 걸 알게 되고

꽃이 지고 나서야
그때가 봄이었다는 걸 알게 되겠죠.

당신이 떠나고 나서야
당신밖에 없었단 걸 알게 되는 것처럼요.

하지만 그땐 모든 게 늦었을 때죠.
뒷모습은 언제나 쓸쓸한 법이죠.

사랑이 말했습니다.

익숙한 이별은 있어도
익숙한 아픔은 없다고.

아픔은 언제나 새롭고 언제나 생생하다고.
모든 아픔은 하나하나 가슴 속에 다 새겨진다고.

사랑은 유리 같은 것.
보기엔 아름답지만 깨지는 순간 흉기로 변하지.
보기엔 너무나 영롱하고 아름답지만
깨지는 순간 날카로운 비수가 되어 박히지.

이별은 깨진 유리.
내 가슴에 내 마음에
파편처럼 박힌 깨진 유리.

나는 네 생각으로
가득한 꿈

언젠가 내가 말했지. 우리 서로 떨어져
만나지 못했던 그 즈음, 네게 전화를
걸어 지금 떠 있는 달을 보라고 그랬지.
그러면 떨어져 있어도 같은 달을 보고
있으니 달을 보고 있는 순간만큼은 함께
있는 거라고 그랬지. 떨어져 있는 게
너무 아쉬웠고 늘 함께이고 싶었던
그 시절.

오늘도 그날과 똑같은 달이 떴어.
선명하고 환한 달.
플라타너스 나무 위에 높이 걸린 저 달을 보니
네 생각이 참 많이 난다.
넌 지금 어디서 무엇을 하고 있을까,
어떻게 지내고 있을까,
지금 저 달을 보고 있을까, 하는 생각이 들어.

저 달을 보고 있다면, 아직 우린 함께인 걸까.

너도 저 달을 보며 내 생각을 할까.
그때 그 말을 떠올릴까.
같은 달을 보고 있으면 함께 있는 거야.

나는 네 생각으로
가득한 꿈

사랑은 똑같더군.
처음이나 마지막이나 다르지 않더군.
조금은 무뎌질 줄 알았는데
그렇지 않더군.

사랑은 할 때마다 서툴고.
사랑은 늘 처음 같고.

이별도 마찬가지더군.
할 때마다 아프고.
할 때마다 늘 처음 같고.

사랑도 이별도 똑같더군.
조금은 무뎌질 줄 알았는데 그렇지 않더군.

나는 네 생각으로
가득한 꿈

22b

나는 네 생각으로
가득한 꿈

뭐야, 너무 똑같잖아.

내가 다른 사람을 거절할 때 했던 말을
지금 네가 똑같이 하고 있어.

미안해.
바빠.
잘 모르겠어.
생각해 본 적 없어.

그땐 왜 몰랐을까.
내가 늘 하던 변명이었는데
바보같이 왜 알아듣지 못했을까.

너와는 안될 거라는 걸.
너와 나는 여기까지가 최선이라는 걸.

나는 네 생각으로
가득한 꿈

가시

넌 내 손에 박혀 있는 가시 같다는
생각이 들어.
너무 작아서 잘 안 보이는데
언제 이렇게 들어와 자리를 잡은 건지.

이젠 너무 깊숙이 박혀 있어서 빼낼 수도 없어.
살짝만 건드려도 아파.
하루 종일 신경 쓰여.

빼고 나면 흔적조차 없겠지만
그때부터 진짜 아플 거라는 걸 알기에 어쩔 수 없어.

그대로 둘 수밖에.
그런데 넌 언제부터 내 속에 들어와 있었던 거니.

나는 네 생각으로
가득한 꿈

네가 아팠을 때가 생각나.
난 종일 안절부절못했지.

우리 둘이 떠들며 웃었을 때가 생각나.
뭐가 그렇게 웃기다고
눈물까지 흘리며 웃었던지.

그렇게 우리의 시간이 바람처럼 한 번씩 불어오곤 해.
그럴 때마다 바람에 눈이 시려.
말라버린 줄 알았던 눈물이 나.

내 속에 이렇게 많은 울음과 눈물이 있었다는 걸
알게 해 준
너.

벌써 오래전 일이잖아

오늘처럼 네가 날 보고 웃으면
난 또 네가 예전 같다는 생각을 한다.
혼자 또 착각을 하는 거지.

넌 아직 날 좋아하고 있고
난 아직 널 좋아하고 있고
우린 서로를 좋아하고 있다고.

하지만 우린 헤어졌잖아.
벌써 오래전 일이잖아.

이제 단념할 때도 됐는데,
깨끗하게 잊을 때도 됐는데,
그게 잘 안되네.

그래도 네가 날 보고 웃는 게 너무 좋으니,
너무 좋으니,
도대체 내 마음은 어떤 건지 나도 모르겠어.

나는 네 생각으로
가득한 꿈

그때 넌 그 말을
절대 하지 말았어야 했어.

우리 잠시만 떨어져 지내자.

그사이 그 사람은 많이 힘들었을 거야.
그리고 시간은 흐르게 마련이고
그러다 보니 혼자인 게 익숙해졌을 거야.
아마도 '오히려 혼자가 더 좋아'라고 생각하게 됐을 걸.

싸울 때 싸우더라도 절대 해서는 안될 말.

우리 잠시만 떨어져 지내자.

나는 네 생각으로
가득한 꿈

어떡하지 어떡하지 어떡하지 어떡하지

하루에도 몇 번씩
너와의 이별을 생각해.
이젠 습관이 된 걸까.
이별 이별 이별 이별

헤어지고 나면 어떡하지?
하루를 어떻게 보내지?
헤어진 다음 날 아침에 눈 뜨면 어떤 마음일까.
길을 걷다가 옆이 허전한 걸 느끼게 되면 어떡해.
너와 꼭 가고 싶었던 해변은.

내 머릿속을 꽉 채운 이별이라는 단어.
그리고 곧 따라오는 단어, 어떡하지.

어떡하지 어떡하지 어떡하지 어떡하지…….

난 곧 고개를 절레절레 흔들며 포기하고 말아.
안 돼. 헤어질 수 없어.

만나는 것보다 헤어지는 게 더 힘들다는 걸 알았으면
시작하지도 않았을 텐데.

나는 네 생각으로
가득한 꿈

제
4
장

사랑할 수 있을 만큼
사랑했을 뿐이야

빛바랜 바람개비

길을 걷다 발견한 바람개비.
한때 화려했을 색이 바래져 있다.
작은 바람에도 찬란한 빛을 내며
힘껏 돌아갔을 바람개비의 날개.

사랑도 그럴까.

나 아니면 안된다고 말했던 그 사람도
너 아니면 안될 것 같던 나도
결국 다른 사람의 누군가가 되었지.

나는 너에게
너는 나에게
이제는 그저 지난 사람들 중 한 명일 뿐.

그렇게 잊혀 가겠지.
그렇게 색을 잃어 가겠지.

바람개비는 멍하니 빛바랜 하늘만 바라보고 있다.

사랑할 수 있을 만큼
사랑했을 뿐이야

누구나 무지개 하나씩 가지고 살아요.

지금 당장 안 보일 뿐이죠.
그렇다고 없다는 건 아니에요.

비 온 뒤에 무지개가 보이듯
우리 마음의 무지개는 시련 뒤에 보일 거예요.

그러니까 당신,
지금 힘들다고 포기하지 말아요.

당신은 누구보다 찬란한 무지개를 가지고 있는 사람.
곧 당신의 무지개가 보일 거예요.

우리는 지금 이별이라는 세찬 소나기 속을
지나고 있습니다.

사랑할 수 있을 만큼
사랑했을 뿐이야

내가 당신을 생각하는 만큼
당신이 나를 생각하지 않았으면
좋겠다.
나를 그리워하지 않았으면 좋겠다.

나보다 더 좋은 사람 만나
당신이 말하던 미래를 그 사람과
만들어 갔으면 좋겠다.

그랬으면 좋겠다.
진심으로 그랬으면 좋겠다.

사랑할 수 있을 만큼
사랑했을 뿐이야

사랑도 여행도 참 닮은 것 같아.

뜻하지 않게 떠나는 여행.
의도하지 않은 우연한 만남.

여행은 언제나 꼼꼼하게 계획하지만
모든 게 엉망이 되어 버리곤 하지.
너와의 사랑도 마찬가지였어.
우린 모든 게 순탄치 않았지.
싸우고 다투고 삐지고 그러면서 서서히 지쳐갔지.
하루하루를 겨우겨우 넘겼던 것 같아.

모든 일정을 겨우겨우 마치고선 피곤한 몸을 이끌고
돌아오는 여행.
상처만 남기고 끝난 우리의 사랑.

집이 제일 좋아.
이젠 여행 따윈 가지 않을 거야.

역시 혼자가 좋아.
연애 같은 건 다시 안 할 거야.

사랑할 수 있을 만큼
사랑했을 뿐이야

3년을 만났는데,
*1*분 만에 헤어진다.

1,576,800분을 만났는데
헤어지는 데는 단 1분.

내가 슬픈 건
이렇게 헤어지는 지금이 아무렇지 않다는 거다.
눈물 한 방울 나지 않는다는 거다.

내가 더 슬픈 건
당신이 아무 이유도 묻지 않는다는 거다.
'왜 우린 헤어져야 하는 거지?'

내가 더 더 더 슬픈 건
나도 당신도 너무 침착하다는 거다.

253

안녕. 잘 가.

그래, 그동안 행복했어.

우리는 아무런 감정이 남아 있지 않은 말을 나누곤
돌아서 갔다.

중학교를 마치면 고등학교에 가듯
우리는 그렇게 헤어졌다.

우리가 서로를 그리워했던 그 1,576,800분은
어디에 있을까.

사랑할 수 있을 만큼
사랑했을 뿐이야

사랑할 수 있을 만큼
사랑했을 뿐이야

이제 알겠어.
네가 더 이상 나를 좋아하지 않는다는 걸.
굳이 말하지 않아도 충분히 느낄 수 있어.
함께 있어도 더 이상 함께이지 않은 기분.

지금 우리는 어느 계절로 가는 길목에
서 있어.
어느 순간부터 우린 불편해졌을까.
모든 사건에는 이유가 있듯 우리가
이렇게 된 데도 분명히 이유가 있을 거야.

생각해 보면 그때부터였던 것 같아.
말 꺼내기 거북해 하는 걸 알면서도 모르는 척
우리의 겉돌기가 시작된 거 같아.
시간이 지나면 괜찮아질 거라고 생각했지만
결국 그렇게 불편을 마주할 용기가 없어서
서로를 잃게 되는구나.

솔직히 말하자면 더 이상 네 생각을 안 하려고 했지만
그 순간부터 이상하게 네 생각만 나.
어젯밤도 그랬고 오늘도 그랬어.

하지만 결국 이러다가 어느 날 우린 우리가 만나기 전의
상태로 돌아가겠지.
시간이라는 또 한 겹의 슬픔을 입어서 상처에 무뎌지겠지.
끝내 이별이 되겠지.

사랑할 수 있을 만큼
사랑했을 뿐이야

네가 헤어지자고 했을 때
사실 난 아무렇지도 않을 거라
생각했었어.
네가 날 더 사랑했으니까.

하지만 그렇지 않더군.
내 생각이 틀렸더군.

누가 더 많이 사랑한 건 없어.
우린 서로를 사랑했을 뿐이야.

서로가 서로를 사랑할 수 있을 만큼
최선을 다해 사랑했을 뿐이야.
그래서 후회는 없어.

사랑은 똑같아.
누가 더 사랑하고
누가 덜 사랑한 건 없어.

사랑할 수 있을 만큼
사랑했을 뿐이야

시시콜콜한 일상이야기를
하고 있는 나를
재미있는 드라마 보듯 보고 있는 네가
더 이상 내 앞에 없을 때
그래, 우리 헤어진 거야.

좋은 일이 생겨 제일 먼저 연락하면 한걸음에 달려와
나보다 더 기뻐하던 네가
더 이상 내 앞에 없을 때
그래, 우리 헤어진 거야.

며칠째 고열에 시달리다 눈을 떴을 때
밤새 걱정하며 날 지켜보던 네가
더 이상 내 앞에 없을 때
그래, 우리 헤어진 거야.

사랑할 수 있을 만큼
사랑했을 뿐이야

파도처럼

내가 하루 종일 너에게 어떻게
다가갈까 생각하는 동안
너는 하루 종일 나에게서 어떻게
달아날까 생각했구나.

파도처럼.

사랑할 수 있을 만큼
사랑했을 뿐이야

나보다 더 좋은 사람 만나.
진심으로 행복했으면 좋겠어.

그보다 뻔한 거짓말이 또 있을까.

사랑할 수 있을 만큼
사랑했을 뿐이야

멋있게 보내 주려고 했는데
이미 눈물로 얼룩진 얼굴.

마지막 포옹.

서로 시간을 가지고 나중에 다시 만나자는 말.
나중에 만나지 못할 걸 뻔히 다 알고 있지만
서로에게 말했지.

다음에 다시 만나.
이 말처럼 슬픈 말, 헛된 말이 또 있을까.

그렇게 문 앞에서 한참을 서서 울었어.
그날은 도저히 잊히지 않아.

사랑할 수 있을 만큼
사랑했을 뿐이야

시작과 끝

사랑은 같이 시작하지 않은 것보다

같이 끝나지 않은 것이 더 아프더군.

사랑할 수 있을 만큼
사랑했을 뿐이야

그런 생각이 들어.

여기 그대로 있으면
네가 돌아올 것 같아.

아무 일 없었던 것처럼 내 옆에 와서
앉을 것 같아.
그리고 손을 잡을 것 같아.

우린 언제나 그랬듯이 이어폰을 나눠서 끼고
같은 음악을 듣겠지.
가끔 내 어깨에 얼굴을 기대고 내 무릎을 톡톡 치겠지.

그런 생각이 들어.
우리 사이에 아무 일도 일어나지 않았던 것 같은
생각이 들어.

그래서 난 아무 데도 못 가.
네가 올까 봐.
다시 올까 봐.

난 아무 일도 없었던 것처럼 너를 맞을 거야.
왜 이렇게 늦게 왔어, 하고 말할 거야.

너와 헤어지질 못하겠어.
도저히 안 돼.

오늘은 하루 종일 너와 헤어져야 하는
이유에 대해 생각했어.
그리고 헤어지지 못하는 이유에
대해서도 생각했어.

헤어져야 할 이유가 헤어지지 못할 이유보다 훨씬 많았어.

하지만 말이야.
하지만 말이야.
헤어지지 못할 단 하나의 그 이유가 헤어져야 할 백 가지의
이유보다 컸어.
그건 바로 널 사랑하기 때문이야.
이 세상 그 무엇보다 널 사랑하기 때문이야.
너보다 더 좋은 사람은 절대 만나지 못할 거야.

사랑해.
그리고 미안해 바보야.

사랑할 수 있을 만큼
사랑했을 뿐이야

모든 게 처음이었지.
함께 비행기를 탔을 때도
나는 너무 좋아 티를 내지 않을 수
없었어.

히지만 지금은 혼자.
그때의 네가, 그때의 우리가
자꾸 생각나.

우리만 아는 노래
우리만 아는 웃음
우리만 아는 눈빛
우리만 아는 유치함

그땐 바라보는 것만으로도 뭐가 그리 좋았던지.
굳이 사랑한다는 말을 할 필요도 없었지.
눈만 마주치면 됐으니까
그땐 다 그랬고 그땐 다 당연했어.

하지만 지금 그 시절들은 다 어디로 가 버린 것일까.
가끔 네 카톡 프로필을 눌러봐.
사진 속 너는 웃고 있는데, 전부 나와 함께 간 곳인데,
내가 찍어 준 사진들 뿐인데,
이렇게 헤어지는 게 연락을 안 하는 게 맞는 건지 모르겠어.

우리 싸우지도 않았잖아.
서로 자존심을 세우는 것도 아닌데
이러다 이러다 일 년, 이 년, 십 년 지나고,
앞으로 영영 다시 볼 수 없게 되면
죽을 때 너 딱 한 번만 보고 눈 감고 싶다고
그런 생각이 들면 어떻게 해.

사랑했을 뿐이야
사랑할 수 있을 만큼

지금처럼 이렇게 울컥울컥하는 내 기분을
나도 잘 모르겠어.
내 기분을 내가 모르는 게 원망스러워.
너도 나와 같니?
아무 일 없다가도 생각나고 또 생각하면 저 땅끝으로
끝도 없이 떨어지는 기분이 드니?
눈물이 차오르고, 그게 또 마음에도 차고…….
나는 어떻게 해야 해.
괜찮다, 괜찮다 한 지가 꽤 지났는데 아직 똑같아.

보고 싶다.
그냥 멀리서라도 딱 한 번만 보고 싶어.
막상 만나면 아무 말도 못 할 것 같지만.
어느 영화처럼 너만 기억을 지우고 만나고 싶어.
그럼 넌 내게 왜 그리 슬픈 표정을 짓냐고 물어보겠지.
나는 원래 표정이 그렇다고 농담 아닌 농담을 하고.

그러니까 잘 지내니?

우리 늘 함께여서 지금껏 서로 해 보지도 들어 보지도
못한 말. 그래서 낯설고 어색한 말.

"잘 지내니?"
눈물 고이게 만드는 말.

좋은 기억만 남은 것 같다.
지나고 보니, 돌이켜 보니 모든 게
영화의 한 장면 같다.

너와 내가 주인공이었던 영화.
굳이 장르를 따지자면
로맨틱 코미디랄까.

함께 걸어갔던 골목과
우리가 마주 보고 앉아 있었던 카페며
팝콘을 쏟고는 당황해서 어쩔 줄 몰라 했던 극장.
싸우고 돌아서자마자 동시에 '미안해'하고 말하며
서로에게로 달려갔던 그때.

세상을 다 가진 것처럼 행복했던 그때.
하루하루가 가슴 터질 듯 벅찼던 그때.

내 생애 가장 특별했던 순간.
모든 순간이 영화 같았던 그때.

내가 널 어떻게 잊을 수 있을까.

사랑할 수 있을 만큼
사랑했을 뿐이야

그대는 내가 그립지 않나요.

그 흔한, 못 마시는 술이라도 한잔하고
아무렇지 않은 듯 태연한 척 연기하며
잘 지내냐는,
자기 없이도 잘 살아야 한다는
그런 전화 한 통도 없나요.

그대는 정말 괜찮은가요.
나 없이도 살 만한가요.

힘들어요.
모든 게 후회돼요.
왜 당신에게 상처 주는 말을 했는지
왜 당신에게 못되게 굴었는지
왜 당신의 슬픔을 외면하고 모른 척했는지
왜 당신에게 최선을 다하지 않았는지
모든 게 후회돼요.

당신은 괜찮은가요.
내가 조금도 생각나지 않나요.
하루에 수십 번씩 핸드폰을 만지작거려요.
혹시라도 당신에게 연락이 왔나 해서요.
메일을 몇 번씩이나 확인해요.
혹시라도 당신에게 메일이 왔나 해서요.

사랑할 수 있을 만큼
사랑했을 뿐이야

하지만 당신은 여전히 소식이 없네요.
연락이 없네요.

오늘 문득 이런 생각이 들었어요.
내가 지금까지 당신에게 주었던 모든 상처를
내가 되받고 있는 것이 아닐까 하는.

사랑할 수 있을 만큼
사랑했을 뿐이야

잃어버린 게 아니야.

떠난 거야.

서로의 시간에서 멀어진 거지.

각자의 시간을 살아가게 된 거지.

사랑할 수 있을 만큼
사랑했을 뿐이야

너와 헤어지고 더 멋있어질 거야.
보란 듯이 더 잘 되어야지.

어느 날 네가 다시 나를 봤을 때
후회하게 만들어야지.
다시 만나자고 하면 그때는 내가
싫다고 해야지.

이런 생각을 아직 하고 있다면
끝이다.

아직 내 기준은 너이고
난 아직 너에게서 벗어나지 못했다는 말이니까.

네가 아니라 나를 위해서
더 괜찮아져야지 라는 생각이 먼저여야 하지 않을까.

사랑할 수 있을 만큼
사랑했을 뿐이야

지금 헤어졌습니다.

막상 헤어지고 나니 그동안 못해 준 게
얼마나 많은지 알게 되었습니다.

헤어지고 나서야
녀석이 갖고 싶어 하던
작은 곰 인형을 삽니다.

헤어지고 나서야
녀석이 갖고 싶어 하던
스웨터를 삽니다.

하지만 전해줄 수가 없네요.
스웨터를 만지작거리는 저를
곰 인형이 물끄러미 바라봅니다.

이제부터 혼자일 거라고 생각하니
연락을 할 수 없다고 생각하니
계속 눈물이 납니다.

그동안 녀석에게 받은 것밖에 없어서
잘해 준 게 별로 없어서
녀석을 잡지 못하는 건지 모르겠습니다.

그래서 더 슬픈 건지 모르겠습니다.

사랑할 수 있을 만큼
사랑했을 뿐이야

사는 게 당장 못살 것 같다가도
하루 이틀 돌아앉아 한숨 쉬고 나면
살아지더라구요.
그렇게 살다 보니까
다 잊었다는 생각도 들었구요.
모르는 척, 아닌 척하며
다른 곳만 보다 보니
그럭저럭 지낼 만하더라구요.

그런 줄만 알았죠.
그런 줄만 알았어요.

그런데 어느 날, 맥이 탁 풀리고 다리에 힘이 빠지더라구요.
아득한 생각 끝엔 당신이 웃으며 서 있더라구요.
잊은 줄 알았는데 하나도 안 잊었더라구요.

처음부터 다시 시작하기로 했어요.
당신을 매일매일 조금씩 잊기로 했어요.
하루 이틀 사흘 나흘
모르는 척, 아닌 척하며 다른 곳만 보다 보면
끝내 당신을 잊을 날이 오겠지요.

사랑할 수 있을 만큼
사랑했을 뿐이야

함께 한 추억이 많다는 거.

그 여름 우리가 함께 바라보았던
북극성.
손을 잡고 걸었던 발리의 해변.
빨대 하나로 나눠 마셨던
이태원에서의 칵테일.
팔짱을 끼고 무서워하며
보았던 공포영화.
가로등 아래에서의 수줍던 입맞춤.

앞으로 그 추억 때문에
이렇게 힘들 거란 걸 모른 채
그날 우린 너무 행복했구나.

그랬었구나.
그래도 억지로 잊으려고 하지 말자.
그럴수록 그날의 우리가 떠올라
추억은 더욱 선명해질 테니까.

추억은 추억인 채로 남겨두자.
추억은 추억일 때가 가장 아름다운 법이니까.

사랑할 수 있을 만큼
사랑했을 뿐이야

사랑할 수 있을 만큼
사랑했을 뿐이야

어느 날, 사랑이 말했습니다.

사랑보다 더 중요한 게 뭐가 있냐고.
사랑만 하며 살기에도 생은 짧다고.
그러니까 지금 당장 사랑을 하라고요.

누구나 헤어지고 만나고, 다시 헤어지고를 반복할 거예요.
하지만, 그럼에도 불구하고
우리는 다시 사랑을 하고 또 사랑해야 합니다.

사랑꾼이 되세요. 시간이 없어요.
지금 당장, 당신이 해야 하는 일 중에서 제일 중요한
일이에요.

사랑은 내가 조금 설레는 일.
사랑은 당신의 볼을 조금 붉게 물들이는 일.

수천, 수만 번 나를 스쳤던 바람이, 바램이 되어
마침내 당신에게 닿을 수 있다면 그게 사랑이라고
생각했습니다.
그게 위로라고 생각했습니다.

저는 파도처럼 끊임없이 먼저 당신에게 다가갈 것입니다.
그렇게 제 진심이 당신을 계속 흔들었으면 좋겠습니다.
계속 당신을 설레게 했으면 좋겠습니다.

사랑이 말하더군요.
가을은 사랑만 하기에도 너무 짧은 계절이라고.
그러니까 어서 사랑을 하라고요.

2019년 가을
정영진

사랑이 말했습니다

초판 1쇄 발행 2019년 11월 30일

지은이 정영진
펴낸이 안영숙
디자인 형태와내용사이

펴낸 곳 보다북스
등록 2019년 2월 15일 제406-2019-000013호
주소 경기도 파주시 심학산로 385 1012-904
전화 031-941-7031
팩스 031-624-7031
메일 bodabooks@naver.com
페이스북 facebook.com/bodabooks
인스타그램 bodabooks

ISBN 979-11-966792-1-7 03810

• 이 도서의 국립중앙도서관 출판예정도서목록(CIP)은 서지정보유통지원시스템 홈페이지(http://seoji.nl.go.kr)와 국가자료공동목록시스템(http://www.nl.go.kr/kolisnet)에서 이용하실 수 있습니다.(CIP제어번호: CIP2019044669)